Sans Queue ni Tête

Tome 2

Sans Queue ni Tête

Tome 2

Est le second d'une collection,

toujours en cours d'écriture

TABLE DES TEXTES   Page

LE BONHEUR EST SIMPLICITÉ

Nours se sent si bien.

Moment agréable.
Rien n'était prévu.

Ils cheminaient, un peu au hasard, dans l'Insecte à quatre pattes rondes sur les lignes noires de la nouvelle roche quand, soudain :

Arrêt ici !, et c'était là.

Les Nours savent profiter des instants présents tels qu'ils sont, sans aller chercher plus loin, sans se dire : « Cela pourrait être mieux si … »

Nours sentait que ce devait être dans le secteur.
Ils se sont arrêtés sans raison effective, ni même de raison particulière, sur le bord de la ligne noire tout en sachant que ce c'était là, et effectivement, c'était là, l'endroit parfait.

Le repas est simple, des restes de la veille qu'ils ont mis dans le sac à pique-nique, agrémenté de petits desserts, opportunistes, deux bricoles prises à une boulangerie devant laquelle ils sont passés sans l'avoir prévu.

Le Bonheur est simple.
Quand on le veut bien, quand on sait, quand on est prêt à le recevoir, à le respecter, il est partout, ou presque.

Oui, il est en chacun de nous, et pas dans ce que l'on nous dicte.
L'emballage tue ce Bonheur.

Les Nours ne sont pas dans un restaurant cinq étoiles, mais qui pourrait déguster ces desserts anodins comme ils l'on fait, dans un tel endroit ?

Ce restaurant merveilleux dans une clairière au milieu de la forêt montagnarde est composé de plusieurs tables en épicéa massif, pourries, mais oh combien confortables, émergeant d'une prairie naturelle maculée, ponctuée de gentianes et bouses de vaches.

Ils semblent avoir privatisé, cet endroit.
Il n'y a qu'eux.
L'espace est sans barrière, sans mur, sans occultant, sans protection du regard d'autrui, libre, tout simplement.

Ils auraient pu faire l'amour sur place, l'envie ne leur en manquait pas.

Le silence.

A peine quelques bruits de la nature.

La vue porte au loin sur une barrière rocheuse et quelques sommets qui ne sont plus enneigés à cette époque.

Au-dessus de leurs têtes passent quelques planeurs, totalement silencieux.

Le soleil est fort et ils se sont assis à l'abri du vent.

Leurs partages, leur partage, est intense, silencieux.

Les gestes, les regards, …, sentir ta langue sur ma poitrine lécher la mousse au chocolat, …, lécher les lèvres pour récupérer la mousse aux myrtilles …

Que de beaux moments.

N'être qu'un au milieu de rien, du moins rien d'artificiel, de construit, répondant aux normes, respectant les règles.

N'être rien de factice.

Il est clair que rien de tout cela n'eut été possible au milieu du commun, au sein de ce monde fabriqué, préfabriqué, normalisé, formaté, où tant ne se reconnaisse qu'à travers les codes qu'on leur a inculqués, prisonniers d'un système matériel où la valeur et l'importance sont chiffrées.

Oui, rien n'est plus simple que le bonheur car il est ce vers quoi chacun tend naturellement, ce en quoi chacun aspire au fond de lui, sans cesse perturbé, limité, empêché par les soi-disant devoirs de la pression sociale.

Oui, rien n'est plus simple que le Bonheur !

DAULOVY

On ne s'y rend pas au hasard.

Petites lignes noires de la nouvelle roche, des pins, des mimosas, et ... personne.

Au détour d'un virage, voici FRIGOLET, petit hameau fort isolé dans la nappe arbustive qui couvre uniformément le paysage.

Quelques maisons très anciennes sont réunies le long d'une courte rue étroite qui mène à un semblant de place, si petite qu'elle n'est peut-être qu'un élargissement de la ruelle.

Nous débouchons alors directement sur un chemin de terre accédant à quelques jardins potagers, et un lavoir, LE lavoir !
Il est la source de vie dans cette immensité sauvage où l'eau est rare.

Encore quelques pas et nous découvrons une vue panoramique sur la vallée, jusqu'aux montagnes d'en face, totalement couvertes, elles aussi, de pins, héritage des anciennes mines de charbon.

A l'époque on exploitait les pins pour leur bois qui étayait les galeries.

Très résineux, il résistait au temps et aux intempéries.

Puis, on a arrêté l'exploitation des mines, délaissé les plantations de pins, alors gérées et maîtrisées, et ils ont tout envahi, étouffé les châtaigniers dont les cultures ont, elles aussi, été abandonnées.

L'ouvrage, l'objectif de cette escapade, apparait comme un minuscule point au milieu de l'immensité verte.

Nous reprenons l'Insecte à quatre pates rondes, la ligne noire de la nouvelle roche, passons sur un petit pont au dessus d'un vallat, sec car il n'a presque pas plu depuis assez longtemps.

Fin de la nouvelle roche.

Les pates de l'Insecte s'appuient sur une terre beige, molle, collante.
Nids de poules, ornières, rus où rien ne coule, pierres.

Que ne sommes-nous pas venus en Insecte tout-terrain ?

Réponse simple : Nous n'en avons pas !

Les virages en lacets se succèdent durant toute la descente, au moins un kilomètre, deux sans doute.

Nous apercevons enfin l'ouvrage qui se rapproche, de plus en plus imposant.

L'Insecte posé près du muret en pierres sèches qui borde le chemin et soutient depuis si longtemps une faïsse qui a dû, lorsqu'elle était cultivée, recevoir tant d'efforts et nourrir les habitants du lieu, nous abordons l'ouvrage à pied.

Nous nous engageons alors sur ce témoin du passé qui a supporté si longtemps les Chenilles aux lignes de fer qui transportaient le précieux combustible, concentré d'énergie, de soleil, extrait par la sueur de tant de mineurs de fond au bout des sombres galeries qui parcourent, aujourd'hui encore, le sous-sol.

La Chenille ne passe plus, les lignes de fer ont disparu.
La voie est parfaitement droite et plane, d'un bout à l'autre.

Il n'y a sur le sol plus que de la terre, un peu d'herbe et des flaques d'eau que, main dans la main, nous évitons sans problème.

Autour et devant nous s'ouvre un paysage magnifique, grandiose, tandis que la grisaille du ciel s'éclaircit en laissant toujours plus la chaleur et la lumière nous atteindre.

Que c'est beau, que c'est bon !

C'est notre vie.

Au bout de la voie, revoici le chemin fait d'un mélange de pierres et de terre.

Après le premier virage dans la descente, la construction se présente par son coté ouest.

Nous serpentons en descendant entre les arbres.

Le chemin semble taillé dans la roche sous-jacente à une mince pellicule de sol faite d'humus et sur laquelle l'eau qui quitte les entrailles de la terre par de fins écoulements semblant glisser sur les plaques de pierre qui parsèment, écaillent le flan de la colline.

Lauze, c'est son nom. Cette pierre est la lauze.

Comme l'ardoise, elle se détache en plaques planes de quelques centimètres d'épaisseur et, toujours comme l'ardoise ailleurs, elle servait dans la région à réaliser les couvertures des habitats, les toitures.

On trouve encore de ces très anciennes réalisations, intactes sur de vieilles bâtisses.

Typiques et témoins d'un savoir-faire avec les ressources du lieu, elles nous interpellent sur une question :

« Le bonheur n'est-il pas de savoir être heureux avec ce qui est, plutôt que de le chercher ailleurs ? »

Ici, les eaux de ruissellements atteignent leur but : la Claysse, ruisseau qui, bien plus bas, traverse le village.

Nous le regardons, nous nous regardons, puis levons les yeux en suivant les immenses et imposantes piles en blocs de pierres taillées qui soutiennent le viaduc et se rejoignent par des arcs de cercle qui les rendent solidaires.

Au-dessus d'elles, le ciel est bleu, clair, apaisant.

C'est beau, c'est notre vie.

Unité dans l'harmonie.

PAÏOLIVE

Nous avons hésité, assez longtemps, puis, finalement, l'Insecte à quatre pates rondes nous y a amené.

Le sol de terre pauvre et desséchée que nous avons découvert après avoir quitté la ligne noire de la nouvelle roche n'est maintenant plus constitué que d'éclats de minéraux arrachés à la masse primaire, unitaire, déchirée par les éléments et les siècles, les millénaires, peut être même les océans.

Ici, la végétation s'accroche aux moindres recoins comme pour dire partout "Je survis, vis et je vivrais".

Des troncs sont déformés, certains passent presque à l'horizontale avant de changer de direction entre les ronces pour atteindre la lumière. Parfois, en chemin, ils s'unissent et se soudent en ne formant plus qu'un puis se réparent avant que leurs cimes continuent leurs ascensions

Unis ils sont plus forts face aux éléments hostiles.

Les racines à l'air libre finissent par atteindre quelques pincées de substrat, précieux substrat, vital substrat dont rien ne sera perdu. Alors elles s'y installent, s'accrochent, et finissent pat s'y fixer.

Le relief est fait de roches si particulières, karstiques dit-on, aussi grandes soient-elles, parfois les unes sur les autres, posées là, on ne sait comment ou par qui,, en personnages surnaturels qui observent, qui gardent le lieu.

D'ailleurs, qui sait si elles ne sont pas venues elles-mêmes ?

Tout ici semble vivant et si puissant, étrange, mais le lieu est pourtant apaisant.

Nous progressons dans cet univers hors du temps quant soudain, devant nous, immenses, peut être plus de dix mètres de haut, un ours et un lion partagent une sincère accolade.

Tout ici s'unit pour la paix et le partage.

Nous faisons quelques photos de la scène puis reprenons le chemin.

Semblant passer une frontière nette, du gris calcaire au beige, nous voici sous une canopée basse et dense portée par des arbres tous biens plus petits ici qu'ailleurs.

"Mange de la soupe si tu veux grandir" disait-on dans les chaumières.

Alors, quoi que tous petits, sous alimentés, certains de ces arbres sont très anciens.

Milieu difficile, sauvage, magnifique, opportun, salvateur pour ses fidèles, pour ses adeptes : flore, faune, humains venant y chercher calme et distance avec l'agitation phagocytaire et superflue, mais aussi pour tous ceux qui s'y sont protégés, réfugiés, cachés, Camisards ...

Notre histoire, celle de nos ancêtres, s'est inscrite ici dans les pierres, dans les creux au sein de la roche, dans tout le mystérieux qui baigne l'alentours, depuis on ne sait quand jusqu'à aujourd'hui.

Au détour d'un bosquet, en bordure d'un lapiaz, au hasard des méandres de la draye, cet étroit chemin qui ne laisse passage qu'aux piétons, aux sangliers, et rares occupants du lieu, nous découvrons des stûpas, ou plutôt des cairns, édifiés là par on ne sait qui ni pourquoi.

Sans doute est-ce pour signifier un passage, une présence, l'affirmation de la vie dans ce semblant de désert on ne peut plus habité sans qu'on puisse en identifier la, ou les présences.

Voici deux pierres à bonne hauteur.

Elles nous semblent fort amicales et nous invitent à une pause dans notre aventure.

Nous nous asseyons et tirons du sac notre petit pique-nique.
Notre premier pique-nique ensemble.

Moment précieux dont nous savourons chaque instant car, ce soir, il faudra rejoindre la Station d'où la Chenille aux lignes de fer t'emportera, nous séparant une nouvelle fois physiquement pour une semaine.

Le temps, ou du moins ce que nous formalisons par ce mot, est une sorte de balancier, un éternel recommencement dans lequel seuls changent les supports d'apprentissage qui nous font glisser imperceptiblement dans une évolution de ce que nous sommes vraiment vers l'aboutissement du concept idéal, final.

Aujourd'hui nous attendons ce jour toujours plus proche où notre union ne subira plus les séparations imposées par le diktat social.

Délicieux moment que cette escale, cet intime partage dans cet univers hors de tout sinon de lui-même.

Un salut réciproque à chacun des rares passants.

Ils ne sont pas nombreux : la saison touristique n'a pas encore commencé.

On sent déjà venir la puissance tranquille et immense de ce qui prendra possession de tous les espaces, même les plus infimes, comme la vie s'est installée ici, comme notre Amour, Uniforme et Harmonieux, envahit nos êtres et guérit nos blessures alors que Nous devient Un.

LA QUÊTE

Nous quittons notre Insecte à quatre pattes rondes.

Voici l'entrée.

Déjà, les yeux de quelques colosses se devinent à travers les feuillages.

Le soleil n'est pas encore levé.
La journée de quête risque d'être longue.
C'est le début de l'aventure.
Une aventure hors du temps, hors des sentiers, unique.

Il s'agit de notre quête.

Quelques instants immobiles, nous hésitons.
Nos regards se croisent et la réponse s'impose.
Nous devons y aller.

A peine entrés, les premières sentinelles se dévoilent pleinement à nos yeux, immobiles, le regard fixe.
Nous ne ressentons rien de négatif, plutôt le contraire, comme une invitation tacite.

Nous guettons leur réaction et ... rien.

Nous osons alors engager notre progression plus franchement.

Nous marchons sur un sol ..., est-ce un sol ?
Toujours que nos chevilles nous rappellent qu'ici, rien n'est conforme à nos habitudes.

Nous entendons des sons inhabituels, inconnus, venant d'on ne sait où.

Déjà nos sens sont tout autant en éveil qu'incapables de préciser leurs perceptions.

Ah ! Des indices.

Que signifient ces marques ?

Tout est ouvert ..., tout nous semble totalement ouvert, ..., sauf, peut-être, nos yeux, nos perceptions, ..., nos esprits.

BALADE GORGES

Sur la carte postale étaient des dimensions.

Des chiffres impressionnants, mais ils sont devant, et là, c'est différent, car, c'est beaucoup plus grand.

Les Nours contemplent cette arche de pierre, ce pont naturel qui enjambe la rivière, creusé par des courants diluviens qui, à force d'affouiller le portique de grotte à plein cintre sur lequel elle venait butter avant de prendre la courbe qui faisait un vaste circuit autour du rocher de l'Arc, s'y est creusé un lit nouveau à la place de l'ancien.

Soixante mètres de long, cinquante cinq mètres de vide sous la voute épaisse d'une quinzaine de mètres aux magnifiques proportions dans un paysage grandiose.

Il s'agit de la plus ancienne voie de communication, de circulation entre les deux rives, utilisée par nos plus lointains ancêtres, les Aurignaciens, il y a trente-six mille ans, qui nous ont laissé un témoignage artistique immense encore intact dans la Grotte Chauvet, et peut-être même avant eux par des Homo Sapiens.

Nos ancêtres plus proches l'utilisaient aussi avant la construction du premier pont moderne, payant un droit de passage aux maîtres des lieux.

Rive droite il est surplombé par l'impressionnante « statue du Moine » rebaptisée « Charlemagne », qui ne cesse de l'observer.

Les Nours cherchent des yeux, tout en haut, rive gauche, les vestiges de la forteresse stratégique, donjon en haut du plateau du rocher, qui contrôlait tout passage sur ce cadeau de la nature, souvent prise et reprise par les parties lors des guerres locales.

La légende raconte qu'il y a bien longtemps, alors que la rivière serpentait encore autour de l'éperon rocheux, cette forme de corne minérale l'obligeant à la contourner et que la force des eaux finira par percer par le bas pour créer peu à peu la merveille géologique d'aujourd'hui, le seigneur de Sampzon, localité attenante, épousa une très jolie fille de Vallon.

Apprenant que cette dernière comptait nombre d'amoureux et de prétendants, pris de jalousie après les noces, et par peur de la perdre, il fit enfermer son épouse dans le donjon en haut du plateau du rocher de l'Arc, pas encore creusé par les eaux.

Alors qu'elle s'y morfondait, un pèlerin très laid passa et demanda asile.

Le châtelain accepta sans méfiance et lui montra, du haut de sa grande tour, le paysage dont il était si fier.

Alors que le seigneur, tout à sa fierté, racontait ses victoires, le pèlerin s'éclipsa, délivra la captive, et ils s'enfuirent sur l'eau, au fond du canyon, dans le premier esquif trouvé, vers le Rhône, à l'Est, à travers la garrigue sauvage et déserte.

Alors qu'il les voyait disparaître derrière la Combe, le châtelain pria le bon-dieu des maris de lui rendre son épouse.

Sa demande fut aussitôt exaucée.

Un bruit terrible se fit entendre, l'éperon rocheux qui barrait la route à la rivière s'ouvrit en laissant passer les eaux qui portèrent les fuyants dans leur embarcation au pied du mari.

Alors que celui-ci enlaçait, très heureux, son épouse dans ses bras, le pèlerin se transforma en diable velu et cornu pour disparaître dans une forte odeur de soufre.

Depuis cette aventure immémoriale, l'eau coule sous l'arche majestueuse, passe et pénètre dans le grand sillon rocheux aux à-pics, falaises ayant quelques-fois plus de trois cents mètres de haut, qui la mènera au village suivant, une quarantaine de kilomètres plus bas.

Les Nours, dans l'Insecte à quatre pates rondes, suive la sinueuse ligne noire de la nouvelle roche qui borde, depuis peu, ce grand fossé.

Ils prennent le temps de quelques pauses en des lieux prestigieux.

Tout a dû tellement changer depuis ...

Les Nours ressentent d'étranges impressions.

La Dent Noire !
Sombre.

Quel être fantastique a pu marquer d'un croc cette boucle de la rivière alors qu'ils ne font que débuter le voyage ?

Quel message au début de l'aventure ?

Impressionnante !

Juste au bord de la berge du côté où le courant pousse les frêles embarcations, vers l'extérieur de la courbe.

Peut-être un avertissement : « Attention ! », mais à quoi ?

Avec l'Insecte, ils atteignent le haut des falaises qu'ils ne quitteront plus.

Voici la cathédrale, immense vue d'en bas, vertigineuse vue d'en haut, gardienne vue de loin. Ceux de la Maladrerie devaient s'y réunir pour célébrer, pour ...

Oui, « ceux de la Maladrerie », là où les falaises, toujours aussi hautes, s'écartent pour accueillir en leur sein un promontoire rocheux garni d'arbustes ayant envahi de conséquentes ruines, dont le seul chemin d'accès ne put être, à l'époque, que le lit de la rivière.

Il s'agit des vestiges d'un monastère fortifié où des religieux combattants soignaient aussi, entre autres, des lépreux.

Oui, des religieux implorant un Dieu d'Amour et de bonté guerroyant atrocement en son nom.

Paroxysme, peut-être, de l'antagonisme d'une « humanité » qui se renie bien souvent elle-même.

Ne pouvant qu'approcher d'une vision assez lointaine, ces lieux et leurs mystères ne seront qu'effleurés, transcendés par la pensée, l'imagination.

Encore des lacets, chemin tortueux, territoire étranger à leur conception, à leur habitude, à leur nature même.

Au Ranc Pointu, il y a tellement de vent que les Nours n'osent même pas gravir la pointe rocheuse pour admirer de haut les roches usées, polies, assagies par les éléments.

Sans doute les entités, les forces astrales, leur signifient-elles alors qu'ils en ont assez vu, assez soulevé, et qu'il faut maintenant interrompre leur aventure.

Les Nours ne leur tiendront pas tête : peine perdue, inutile, impensable, et ils rejoignent l'Insecte pour quitter l'endroit et retrouver le rassurant monde usuel où une artificielle géométrie aux couleurs prévisibles rassure quand on la tient pour vérité.

BISTROT GASTRONOMIQUE

Un kilomètre à pied, ça use, ça use,
Un kilomètre à pied, ça use les souliers ;

Deux kilomètres à pied, ça use, ça use,
Deux kilomètres à pied, ça use les souliers ;

Trois kilomètres à ...
NON !
Je suis en vélocipède.
Je ne marche pas, je pédale.

Un kilomètre en vélocipède, ça use, ça use,
Un kilomètre en vélocipède, use le fond du pantalon,

Deux kilomètres en vélocipède, ça use, ça use,

Trois kilomètres en vélocipède, ça use, ...

Dix kilomètres en vélocipède, ...

Vingt kilomètres ...

Trente kilomètres ...

Trente-cinq ...

Tente-six,

STOP !

Voilà le bistrot !
Pardon, le troquet.
Que dis-je, l'auberge, … peut être.

Toujours est-il que quand le patron t'amène les tomates et la charcuterie, même si tu as les yeux plus gros que le ventre, ou le ventre plus gros que les yeux, les deux sont trop petits, et quand tu sors de là, c'est le vélocipède qui te dit : « Ça devait être royal !, ça m'use, ça m'use … »

Et oui, c'était royal.

Un moment de bonheur dans la simplicité et le plaisir.

Pourtant, ce n'était que des tomates et de la charcuterie, mais … qui transpiraient l'amour.
Le genre de choses dont tu te rappelles toute ta vie.

« Pas vrai Fernand ? »
« Ouais, je m'en rappelle, mais moi je ne peux plus y aller, parce-que je n'ai plus de vélocipède moi, parce que quand on vient me chercher en Porsche Cayenne, il faut que je fasse attention à mon image.

Question de relation.

Alors, moi, avant-hier, je suis allé, parce qu'on m'y a invité, là ou on m'a invité.
Je n'avais pas le choix, moi.

Affaires obligent.

On m'a dit, « Tu verras, c'est royal ! »

On nous a servi des plats, je ne sais même plus combien, très jolis, très petits, très chers aussi, et même si ce n'était pas marqué sur l'étiquette quand tu voyais la bouteille tu savais que du vin comme ça tu ne pourras jamais t'en payer.

Bon, une bouteille, on était six, ça fait à peine un verre, un tout petit verre chacun.

On se penche vers toi, manières attentionnées, portions miniatures, décor chiadé, mais rien de sincère ou véritable.

A voir la tête de mes hôtes, il était clair que, pour eux, ils me faisaient un immense honneur, presqu'à se demander s'ils n'allaient pas m'offrir l'addition dans un sous-verre à accrocher au mur chez moi pour que je me rappelle la valeur de leur amitié.

J'ai bien vu le montant, on voulait, il fallait que je le voie.

Il n'y a que lui qui n'était pas miniature, si tu vois ce que je veux dire.

Je crois d'ailleurs que pour mes hôtes il n'y a que lui qui était important.

Quand on est sortis, trois heures après, ils voulaient me raccompagner dans le Porsche Cayenne, mais j'ai dit non, prétextant une connaissance habitant à proximité et l'occasion de la revoir.

Cette connaissance, nouvelle, du jour, il faut l'avouer, restera dans mon carnet d'adresses.

Elle s'appelle « la sandwicherie face au restaurant » où, le Porsche Cayenne disparu et après les miniatures quasi artificielles, je me suis empressé d'avaler deux sandwichs bien garnis qui ont enfin satisfait mon estomac.

Moralité : « La gamelle qui mijotait sur le fourneau de ma grand-mère avec les produits du jardin et de la ferme était un trésor inestimable que certains ne pourront jamais soupçonner. »

FOURMIS

Nourrir l'Insecte à quatre pattes rondes de concentré de soleil et repartir.

En colonie, en files indiennes, parfois de front et par tous temps, il y en a toujours, sur les lignes noires de la nouvelle roche.

Etrange, cette formation géologique et son attirance envers nos Insectes.

Plus ces lignes sont denses, plus elles sont fréquentées, ou peut être est-ce le contraire.
Et là aussi, des signes, des marques, surtout blanches, d'autant plus diverses que les lignes sont denses.

Les Insectes à deux pattes sont le plus souvent absents de ces lignes, sauf là où elles tissent comme une toile d'araignée entre les monticules qui semblent leur servir d'abris.

Ces formations ne sont pas sur les lignes, mais au bord.

Chacun son territoire, apparemment.

Il semble que les Insectes obéissent aux marques blanches : position, arrêt, ordres de passage, ... codifiés à l'image d'une ruche, une termitière.

Voici des lignes plus larges, très courtes, beaucoup plus larges et si courtes qu'elles semblent des points minuscules comparées aux autres.
Là aussi, des marques partout, souvent différentes.

La nuit, les Insectes, tous les Insectes se transforment en lucioles, du moins, lumineux devant, derrière, quelques fois sur les côtés.

Sur ces points, ces lignes larges ne menant nulle part, on se demande où ils vont et, surprise quand, en bout de ligne, ils quittent le sol.
Ceux-ci sont plus gros que les autres, plus éclairés aussi la nuit, mais de nuit comme de jour, au bout de la ligne, ils s'envolent.
Vers où ?
Ils volent.

Certains semblent tirés vers l'avant, d'autres vers le haut.
Ils vont beaucoup plus vite que ceux terrestres et quand ils descendent, c'est toujours sur les mêmes lignes larges, courtes, où ils s'immobilisent.

Étrange !

Ces lignes, ces Insectes, se trouvent toujours près des amas de monticules semblant servir d'abris aux Insectes à deux pattes, et ils sont pleins d'Insectes à deux pattes qui entrent en eux avant qu'ils montent et qui en sortent après qu'ils soient descendus.
Étrange !

J'ai vu des fourmilières qui fonctionnaient pareil, se déplaçant sur des lignes noires de fourmis et quelques fois, des fourmis volantes.

Étrange parallèle.

NOURS QUI GROMELLENT

Étrange pratique, dirais-je.

Ça gronde et ça grogne,

Ou, plutôt,

Ça grommelle !

Le mot est à la fois agréable et, un soupçon inquiétant.

Ça grommelle ...

Savez-vous ce que veut dire « grommeler » ?

C'est leur cri, en fait leur expression de vie, de leur vie, de leurs ressentis, tant il y a de nuances.

Ce sont des Nours, deux Nours.

Le plus gros se penche à l'instant sur l'autre, les visages se frottent, s'effleurent.
La victime grommelle dans des intonations montant dans les aigus, elle sourit, semble en redemander puis, en riant, grommellement caractéristique, frotte maintenant le côté de son visage sur l'épaule de l'autre.

Échange pratique disais-je.

Ils s'enlacent.
Une expression de bonheur éclaire leurs visages et les gestes sont délicats.

Ils se font face, souriants, et s'enlacent de nouveau.

Le temps semble s'arrêter, suspendu à un bonheur indicible.

Bras dessus, bras dessous, le couple s'éloigne maintenant vers le soleil qui se couche comme on s'achemine vers un bonheur aussi tendre qu'infini.

La nuit tombée, allongés côte à côte, la tête de Noursonne est posée sur l'épaule de Nours.
Le temps n'existe plus.

Peut-être ont-ils trouvé ce que promet l'astral, cet état de quiétude, d'équilibre, d'harmonie totale.

Je n'en sais rien mais je le crois, ..., et les envie.

BERNARD

Il était une fois un ami de la vie, un être un peu à part, qui avait choisi l'Amour, le partage.

Un être qui avait tant à donner, échanger, qu'il était devenu un peu artiste, un peu poète, un peu auteur, surtout « ami du genre Humain ».

Pour se faire, il choisit de quitter la coquille que la société lui avait affectée.

Quelle idée !

Quitter ce prêt-à-vivre, morose et confortable, mécanique prison qui nie l'individu, où seul qui s'y sent bien peut espérer, demain, s'épanouir un peu.

Il tenta le confort auquel certains ont droit dans l'état du quotidien, juste se sentir soi dans un état banal, témoigner de lui-même et n'embêter personne.

Il ne fut pas compris.
Pire, il fut rejeté, et au lieu de s'ouvrir les portes se fermèrent.

« Type non reconnu. L'accès est refusé ! »

Créer, porter, intéresser, il en fit son travail.
Certes, il fut reconnu, certes son œuvre plut.
On lui dit que, bien sûr, il avait du talent, mais que, bien sûr aussi, manquaient les relations, manquait un peu de chance.

Il avait investi le peu qu'il possédait, persuadé que d'agir ainsi au sein du monde était une façon de se voir reconnu !

Et là, bombardement !

Les taxes, les impôts, RSI, RSA, CSG, CRDS, et puis le RSA !!!
Alors peur d'SDF !
Dévastation, carnage, sans pitié, sans issue.

Il en perdit l'espoir, quand faire ou ne plus faire …

Rentré dans sa coquille, où il cherche refuge, il n'attendait plus rien.

Certes, il donnait toujours le peu mais tout ce qu'il pouvait donner, simplement.
Réceptif, mais Hermite.

Il n'y a pas de hasard.
La Raison était là et nul ne peut savoir où, comment,

se fera ce qui doit être fait, mais cela se fera.

La voici, et voila pourquoi il repartit.

Une nouvelle force, cet équilibre enfin, et Bernard
dit "Merci" à ce qu'on dit destin.

LE SERPENT

Le serpent refait surface, lâche quelques missives et replonge dans les profondeurs abyssales de l'océan administratif.

Espérant un échange, comprendre, construire ensemble, les Nours ont effectué quelques tentatives de contact.
Aucune n'a réussi.

Ailleurs, plus tard, sans prévenir, il réapparait, et la pieuvre judiciaire l'accompagne.

Vite ! Vite !
Mais trop tard.
Ils ont redisparu.
Leurs dégâts sont énormes.

Ils sont insaisissables et les plus faibles, c'est-à-dire la majorité, cèderont.
Quelques irréductibles iront jusqu'au bout du combat.
Quelques-uns gagneront.
Mais rien ne servira de leçon, d'expérience, rien n'enrichira le débat et tout continuera.

Le profit avant tout.

Les Nours retrouvent l'Insecte à quatre pattes rondes.
Le portail vert est leur objectif.

A l'intérieur de l'Insecte une voix se manifeste à leur demande.
Des signes nouveaux apparaissent sur l'écran. Sorte de guide venu d'on ne sait où.
Les Nours suivent ces indications, quoique méfiants, ou plutôt attentifs à leurs propres impressions, ce qui les amène à commettre une erreur de parcours.
Ce n'est pas grave, ils y étaient presque, et celle-ci fut très vite réparée.

Le portail vert franchi, l'Insecte trouve tout de suite sa place dans le parc.
Parmi ceux de son âge, de son époque, se trouvent deux de ses ancêtres, soignés avec grands soins par deux de leurs hôtes.
Ceux-ci leur proposeront d'ailleurs de faire plus ample connaissance lors d'une courte excursion locale.

C'est avec une fierté non dissimulée que celui de l'Insecte gris, cet ancêtre dont il s'occupe avec tant de minutie, accompagne dans son protégé les Nours pour quelques minutes de partage sur les lignes noires de la nouvelle roche aux alentours du parc.

L'Insecte d'une autre époque leur remémore bien des souvenirs que tous échangent comme une forme de communion, d'identité envers les plus jeunes participants à cette réunion.

Retour au point de départ pour retrouver le « Club des trente-cinq »

Maintenant tous attablés dans une ambiance chaleureuse, conviviale, amicale, Noursonne, nouvelle au Club, interpelle Nours.
« Il n'y a que des gentils ici ! »

Effectivement, quoique se fassent de nouvelles connaissances parmi la trentaine de présents, tous se mêlent, échangent, sourient.

Les Nours passent une journée délicieuse.
Nul ne pense plus au serpent, à la pieuvre.
Il semble qu'ils n'existent plus.

Peut-être ne sont-ils que le fruit d'une part malicieuse de la pensée humaine créée, engendrée par des acquis sociaux où l'inhumain matériel prime sur le plus beau, à savoir l'Amour qui se trouve en chacun de nous et grâce auquel il serait si simple, de

la façon la plus naturelle qu'il soit, de vivre ensemble, dans un monde apaisé né de l'enseignement de nos erreurs passées.

La boule tombe, lourde, roule, se détourne imprévisiblement de son chemin et une voix forte, grave, rompt le silence.
« Mais comment faut-il te le dire pour que tu comprennes !? Quand je te dis de jouer à gauche tu joues à droite ! »

Il connait le terrain mieux que sa poche.

A côté de Nours, Carole l'interpelle.
« C'est pour ça que nous on ne veut pas être dans son équipe. Il est vraiment trop directif. »

« La pétanque, c'est sa vie », souffle-t-on.

Après la troisième partie, notre assemblée a commencé à se dépeupler.

Quelques convives saluent nos hôtes avant de partir.

La journée est sur sa fin alors que le soleil décline, mais la journée seulement.

Les rescapés remanient succinctement les supports, rassemblent les munitions et s'installent par petits

groupes dans lesquels les sujets et les échanges se développent.
Les groupes échangent aussi entre eux, se transforment et se reforment à l'occasion.
Quelques électrons libres assurent des liens permanents.

La lumière solaire décline autant que s'intensifient les discussions, les partages d'idées et d'expériences.

Les Nours gardent à l'esprit cette pétanque qu'ils ne sont pas prêts d'oublier. Elle fera date.

Les Gentils encore présents ne sont plus qu'un petit groupe, une dizaine environ.

Ils redistribuent alors encore les plateaux sur les tréteaux, les dernières munitions, et s'installent pour la collation finale.

Echanges et partages plus proches, plus intimes sans doute.

Les répartitions ont changé.
Nouvelles approches, des redécouvertes aussi.
Quels plaisirs, surtout.

Au sein du groupe, toujours présente quoi qu'on ne la voit pas, elle transparait dans les regards, elle teinte les échanges, intensifie la cohésion.

Quelles que fussent les épreuves et les brouillards, quelles que furent leurs forces, leurs puissances, leurs violences, quoi que ce fût terrible pour les Gentils, chaque réminiscence, chaque écho à son souvenir illumine les regards, les visages.

Elle a tant porté, apporté, nourri et cultivé d'Amour que son soleil et sa chaleur persistent et persisteront à tout jamais au sein du foyer, auprès de tous les Gentils qui l'ont connue.

Le jardin, ce jardin, son jardin, leur jardin pourrait-on dire, ne cessera de s'enrichir pour que ce qui fut vécu trouve son accomplissement tel qu'elle l'eut souhaité.

Seule l'âme et l'esprit du chemin accompli doit les accompagner, effaçant les effets des forces obscures qui, sans pouvoir y parvenir, tentent de s'y opposer et finiront alors réduites à néant.

Seul le jardin persiste et persistera, s'enrichissant alors de nouveaux occupants, de nouvelles relations, qui, bien au-delà d'un changement, sera la poursuite et la sublimation de ce qui est la Raison de l'Unité et de l'Harmonie dans le plus grand respect de ce qui est au-delà de toute forme.

COLOMBIER

Sombre est le sous-bois.

A chaque pas leurs pieds s'enfoncent avec souplesse dans l'épaisse couche des feuillages que l'automne à fait choir.

L'Insecte à quatre pattes rondes les a déposés un peu plus haut.

Les Nours profitent de ce moment magnifique, baigné de la fraicheur des hautes futaies persistantes et du chant des oiseaux.

Ils sont seuls, ou presque.
Quelques randonneurs passent non loin de temps à autre.

En fait, les Nours ont arraché une racine de gentiane quelques minutes auparavant, au point culminant de la montagne (1534 m), en plein vent, un vent qui vous pénètre et fait souffrir nos oreilles, là ou le somment semble un crâne chauve.

Là-haut, la vue y était magnifique : Trois-cent soixante degrés sur la région jusqu'à la Suisse, l'Italie, sur le toit de l'Europe et, à leurs pieds, tout en bas, une multitude de vallées et des lacs, un fleuve.

Tendrement, enlacés, la racine à la main, après trois baisers, ils se sont éloignés de la grande croix métallique stylisée plantée au sommet du crâne et dont ils cherchaient la raison.

Marque-t-elle un évènement passé, signe-t-elle le lieu, protège-t-elle la région qu'elle domine ?

Quelques cyclistes manifestent le plaisir d'avoir dépassé l'effort qui leur a permis d'atteindre ce col, ce pic.

Posés dans le sous-bois, une sensation d'apaisement, d'unité avec l'alentour, les envahit.

Vibration protectrice, sans doute, en accord avec les forces, l'entité immatérielle de l'endroit, ils accèdent à des dimensions, des réalités absentes des perceptions ordinaires.

AMOUR PARTAGÉ

Ici, pas de cigale.
La nature semble silencieuse.

A travers la futaie, au bout de la pâture, on devine le
lac.
Immense lac, cher à bien des poètes.

Cet espace au cœur des immenses épicéas, les
Nours l'ont atteint après une côte sans sentier.
Il est disposé de dix, peut-être vingt énormes
souches coupées à quelques dizaines de centimètres
du sol, partiellement pourries pour certaines.
Ils en choisissent une, comme on choisit sa table.

La salle est ornée très simplement de gentianes
téméraires portant les stigmates de la saison
avancée et la rudesse du climat montagnard.

Pas de serveurs en livrée qui vous remplissent le
verre à moitié vide, à moitié plein peut-être, qui
surveillent votre assiette et vous demandant si tout
va bien.
Merci.

Non, les Nours ont ouvert le sac, sorti quelques
victuailles.

Ils se sont souri, embrassés, ils ont partagé le repas, se sont fait des caresses.

Et puis ils se sont aussi tus, parfois longtemps, pour mieux se parler.

Après avoir fait quelques pas, ils se sont rassis et se sont entretenus de la simplicité de l'incommensurable bonheur qu'ils vivent sans qu'il soit besoin de quelque artifice qu'on nous dit indispensable.

Non.

Il est là, simplement, sans qu'il soit nul besoin de se référer à un quelconque manuel, mode d'emploi, exemple.

Voici venu le temps du hot-choco et de l'érotic-myrtille.

Restaurant cinq étoiles, serveurs en livrée, clients tirés à quatre épingles, restez donc où vous êtes, vous ne comprendriez pas comment avec si peu et sans la moindre forme que l'on dit « bon usage » ils peuvent être aussi heureux quand vous souriez si peu et souvent pour la forme.

Le hot-choco et l'érotic-myrtille !!!

Les Nours ont fait l'amour à travers le plaisir du partage.

L'heure avance et le soleil chauffe moins, un temps sans importance et, naturellement, sans besoin d'en parler.

Ils replient le sac et prennent le chemin du retour.

SOUVENIRS D'ENFANCE

Ils sont en terrasse d'un bar, ou plutôt d'une guinguette, un lieu où les gens se retrouvent volontiers autours d'une table en partageant un verre, une collation.

La saison touristique est terminée, ils sont seuls.

L'emplacement surplombe une sorte de petit étang aux eaux dormantes mais reliées au canal à quelques centaines de mètres.
Au loin, ils peuvent voir le Revart.

Nours connait un peu cette région et ses pensés l'interpellent à voix haute.

« M'y revoilà, avec Noursonne, ils ne sont plus là, et ne l'ont pas connue.

Oui, la dernière fois, il y a longtemps, ils étaient avec moi, mais pas Noursonne.
Nous nous sommes connus bien plus tard, quoiqu'on se connaisse depuis toujours

Mes souvenirs, si clairs, sont assez différents de ce que voient mes yeux.
J'étais enfant.
Il y a environ quarante ans.

Ils étaient mes grands-parents, disparus aujourd'hui.

Fin septembre, chaque année, nous passions trois semaines au bord du lac, raison thérapeutique.

C'est ici que j'ai connu l'école d'équitation où j'ai découvert le plaisir et la richesse des relations sans ambigüité, sans arrières pensées, sans calcul, avec cet équidé.

Deux ou trois fois pendant notre séjour, nous montions le chemin étroit dans un Insecte aujourd'hui disparu lui aussi, jusqu'à une prairie où nous piqueniquions puis chantions des chansons : « colchiques dans les prés... ».

Comme ils étaient en fleurs, nous ramassions des colchiques jaune d'or pour en ramener un bouquet dans notre petite location sur place.

Allongés sur l'herbe, nous prenions le temps, nous perdions le temps.
Nos regards reposaient sur l'immensité du paysage.
Que c'était bon !

J'ai souvenir, au bord de la ligne noire de la nouvelle roche qui nous amenait ici dans l'Insecte à quatre pates rondes, de filets d'eau suivant les mousses accrochées à la roche qui bordait la ligne le long de laquelle nous faisions quelques pauses, de massifs de fougères sous l'épaisse et fraiche futaie.

J'ai souvenir, tout au long du parcours, de chants dans l'habitacle, des chansons populaires qui berçaient mon enfance.

J'ai souvenir de mon grand-père avec son grand chapeau de feutre, façon cow-boy, qui le protégeait de la lumière, mais surtout, qui protégeait le haut de son crâne chauve du froid, de la chaleur et des rayons du soleil si fort de par chez nous.

J'ai souvenir des petites chambres que nous louions, une pièce pour quatre, avec ma tante.

Tôt le matin, je descendais avec mon grand-père à la prime ouverture des échoppes du quartier, dans les petites rues étroites.
Direction la crèmerie où nous trouvions du fromage en faisselle frais dont nous nous régalions au repas de midi.

J'ai souvenir du bassin, dans le parc de la Rotonde, je crois, où je faisais naviguer fièrement, avec d'autres enfants, de magnifiques petits bateaux autour du grand jet d'eau qui l'alimentait.

J'ai souvenir de librairies semblant sans âge dans les caves desquelles on m'a conduit pour rechercher de très anciennes parutions de bandes dessinées, Walt Disney bien sûr.

J'ai souvenir d'un temps dont je ne retrouve que des bribes, d'expériences qui ont contribué à façonner mon regard d'aujourd'hui, ce que je vois maintenant et qui, quoique me semblant assez différent, ne l'est peut être pas autant. »

Noursonne l'a écouté sans l'interrompre, sans un geste, comme si elle n'était pas là afin de préserver l'authenticité de son ressenti.

Elle a vécu ce moment comme à la fois une immersion de Nours dans sa propre et profonde intimité, et un partage entre eux de cette intimité.

Ils restent encore un peu sur place, sans parler, puis rejoignent l'Insecte et repartent vers leur abri pour la nuit.

CHENILLE AUX LIGNES DE FER

La Chenille aux lignes de fer est immobilisée le long d'un distributeur de passagers.

Les partants sont montés, les arrivants descendus, puis les mouvements ont cessé.

Cinq, dix minutes passent, la Chenille reste immobile.
Ses occupants assis commencent à bouger, certains, de plus en plus nombreux, sortent de la bête, et se rassemblent à ses côtés.

Ils s'interrogent.
Interpellent les agents locaux.

Une voix omniprésente dans l'anneau informe les passagers : "Suite à une panne du système informatique, nous sommes immobilisés mais la réparation est en cours."

En fait, l'Influx porteur de données, d'instructions, l'Influx qui insuffle sa vie à la Chenille est défectueux.

Quelques hôtes de la bête remontent le distributeur jusqu'à sa tête afin, sans doute, d'en savoir plus.
Des agents les rattrapent et les en dissuadent.

Nouveau message de la voix : "Le Maître de la bête effectue les réparations, mais celui-ci étant introuvable, nous ignorons la durée de notre immobilisation."

Quelques rires, des inquiétudes aussi.

Quelques minutes encore et les hôtes de la bête sont transférés dans le ventre d'une autre Chenille passant à proximité de celle-ci.

Depuis la cellule sécurisée accessible par lui seul, son Maitre regarde la Chenille salvatrice avaler les passagers qu'elle délivre ainsi.

La cellule sécurisée, ce lieu inconnu et réservé au Maitres seulement, peut sembler mystérieux. « Du moins, » se dit Nours : « Accessible aux seuls Maitres, connue d'eux seuls, normal qu'il soit introuvable. »

Là où nul ne l'y voit, il se déplace sans difficulté, à une vitesse inconcevable, dans une myriade de chemins lumineux et métalliques, multipliant sans hésitation les redirections constantes, remontant une grande diversité d'objets aux formes, et sans doute fonctions, les plus diverses, il fait quelques arrêts et repart.

C'était peut être une intervention, peut être une inspection, qui sait.

Il est au sein du système.

Le Maitre officie.

Derrière son passage, des réseaux se rallument.

Des lumières s'éveillent, le flux revient comme s'il se générait lui-même.

Serait-il le flux, donc le Maitre ou bien le Maitre serait-il le flux ?

L'idée, en fait : ne font-il qu'un ?

Lequel prime-t-il ?

La foi est-elle plus belle que Dieu ?

Vidée de ses hôtes, la bête n'en est pas pour autant amenée à l'état de machine.

Intelligence aux ondes étranges, elle semble ressentir l'affection de ses hôtes, alors : si le Maitre est le flux, le flux n'est que par elle et le flux, donc le Maitre, est-il soumis ?

La Chenille redémarre enfin et reprend ses fonctions.

Dans le ventre de sa semblable salvatrice, Nours supporte de plus en plus mal ces trajets incessants, tout comme Noursonne, afin qu'ils se retrouvent, ce qui sera bientôt fait.

« Vivement que cela cesse » se disent-il souvent.

La Chenille ressent les pensées de ses hôtes, elle en dépend.
Peut-être est-ce pour cela qu'elle s'est arrêtée et reprend maintenant sa fonction naturelle, tout comme son Maitre à nouveau installé en plein cœur de sa tête.

Le Maitre ou la Chenille ?

La Chenille-Maîtresse, peut-être, loin d'être intelligente, semble accéder aux émotions de certains de ceux qu'elle héberge.
Question d'intensité ? De sincérité ?

Toujours que Nours connut encore quelques péripéties du voyage en Chenille jusqu'aux bras de Noursonne, bien plus tard que prévu.

Tout serait-il lié entre nous ?, chacun, chacune, mais aussi avec ce que nous engendrons ?

LES GARANTS

Nous deux, avec Maman aussi.

Tu aimes bien écouter Maman.
Tout est vivant.
Quand elle parle, le temps n'est plus.

On a parlé, bu le café, parlé encore et le moment vint du cadeau pour Aimé.

Un tour à la caverne d'Elisa, revoir Ali Baba, écouter ses malheurs, trouver le Trésor et repartir avec le précieux présent.

Sur le retour, nous avons découvert ce que je connaissais, ne reconnaissant plus ce qui fut transmis.

Il est des choses dont nous sommes garants et il est des choses que nous possédons.

Il y a celles que l'on se doit d'enrichir, cultiver plutôt, et transmettre, puis, il y a les autres.

Alors, d'une chose à l'autre, d'un souvenir au suivant, plus rien n'était sinon l'évocation de ce que nous voyions.

Noursonne lui disait : « Tu as ouvert, tout du moins entrouvert, des tiroirs de la commode de ta vie.
Quelques tiroirs.

D'une chose à l'autre, de ce que nous voyons aujourd'hui et ce que tu me dis, dans ce que tu m'en dis, moi, je vois ta maman.

Elle semble si fragile mais je sais maintenant, tout du moins je le sens, qu'elle a dû traverser des périodes terribles.

Venue d'un milieu des plus simples, mais aussi des plus nobles, elle a connu des fastes, elle a connu l'aisance, mais aussi leurs travers, ...
Et puis la chute.
Ce moment où se dérobe sous vos pieds ce qu'on croyait solide, ce qu'on croyait acquis.
Il arrive un moment dans la vie où reprendre l'ouvrage devient très difficile.
Alors beaucoup échouent.

Jamais au grand jamais, elle n'a abdiqué.

Comme ses parents ont tracé le chemin dans l'effort et l'endurance, elle a tout relevé dès le premier instant.

Partir de rien, ou plutôt repartir, et pas vraiment de rien, car elle avait l'Exemple pour son nouveau chemin, les souvenirs, les photos, les images au-delà de l'image. »

Nours est touché par le propos : « Quand tu me parles d'elle, quoique tu ne les ais pas connus, si je te parlais de ses parents, les mots seraient les mêmes.
Quand on connait les histoires, par eux, comme eux, on ne peut qu'avoir envie de cultiver le bonheur.

Génération de rupture ?
Ceux qui ont suivi, et qui auraient pû, ne l'ont pas fait.

Il y a eu du bonheur, beaucoup de bonheur.
Ils ont vu leur nombril et ils n'ont vu que lui.
Nul n'a pris le flambeau tendu, alors tout s'est éteint.

Ils étaient les garants, mais ils se sont perdus.

C'est à nous maintenant de ranimer, de rallumer la flamme.

On ne construit pas sur rien, quelqu'en soit le domaine.

Transmettre ces acquis pour exhausser l'Humain devient notre devoir, quelqu'en soient les acteurs, car nous sommes garants par ce qu'ils ont donnés, ce qu'ils nous ont laissé. »

Ils en reviennent à Maman et se disent :
« Lorsqu'elle nous en parle, il n'y a que du bon.
Ni regret, ni colère, ni même d'amertume.
Le chemin est devant. »

« Fait chaque jour, dès le réveil, du mieux que tu peux faire ce que tu penses devoir faire. »

Noursonne est émue.
« Belle Dame humble et toujours reconnaissante.
Elle me connait si peu et je sais qu'elle m'aime déjà. »

Les Nours cheminent dans l'Insecte à quatre pates rondes sur les lignes noires de la nouvelle roche où il a choisi de lui parler de son enfance.

Il y avait trois fermes.

Noursonne lui confie : « Je ressens tes paroles sur les périodes dont tu me parles aujourd'hui comme une complicité, une confiance émouvante.
Tu me dis les pourquoi de l'intime cataclysme, l'égoïsme, ce que rancœur et haine ont engendré. »

Ils arrêtent l'Insecte sur la place du village d'où la vue est un magnifique panorama sur l'immense vallée et se poursuit jusqu'aux lointaines montagnes. Ils parlent encore un peu et décident du chemin du retour.

Au cœur de la garrigue, au cœur de nulle part ou du moins, juste ici, des vestiges témoignent là où une poignée d'humains habitent quelques humbles abris.

Nouvel arrêt de l'Insecte pour marcher un peu.

Dans les rues, les calades, ils s'imprègnent de la vibration apaisante du lieu où le temps semble figé.

Il y a bien peu de monde mais tous disent « bonjour » et les saluent sans les connaitre.
Les Nours saluent aussi.

Tous ces gens sont Humains.

Mon Dieu, qu'est ce qu'on est bien.

De l'autre coté du village la vue est sans barrière au-delà du possible sur la végétation basse, sur des terrains si pauvres, préservés.

Ils imaginent, pensent aux efforts de tous ceux qui, par une multitude de petits aménagements si pénibles à réaliser, à travailler, ont tiré de ce milieu si ingrat de quoi subsister, et aux garants qui cultivent encore les arpents arrachés à cette terre maigre.

« Merci à eux ! »

Sans un mot, les Nours leur rendent hommage.

La petite maison, quoique pas si petite, là, au bord du chemin les interpelle.
Elle semble à l'abandon.
Qu'a-t-elle pu abriter ?

C'est la tête remplie d'images merveilleuses, d'émotions et de respect que les Nours reprennent l'Insecte à quatre pattes rondes pour rentrer à la Tanière.

LA HAGUE

« Désolé »
« Pas autant que moi. »

Oui, après quatre heures de Chenille aux lignes de fer, six heures sur les lignes noires de la nouvelle roche puis les larges doubles lignes noires dans l'Insecte à quatre pates rondes, l'orage, la circulation, les pauses, le soleil, la fatigue, et surtout le plaisir de savoir que depuis ces quatre heures nous sommes enfin réunis sans devoir repartir.

Oui réunis pleinement pour toujours, et à ce moment précis devant la borne de réservation qui n'accepte pas le code.

Mais qu'avons-nous à faire des codes quand nous nous Aimons simplement, comme on dit.

Et pourtant, sans ce code, pas d'abri pour la nuit, pas de petit nid douillet, pas possible de prendre ma Noursonne dans mes bras dans cette intimité feutrée dont nous rêvons à chaque fois que nous languissons loin de l'autre.

Dans un semblant de désespoir, ou plutôt de déconvenue, lasse et un peu agacée, Noursonne s'adosse à la porte qui jouxte la borne et sur laquelle il est écrit : « Réception et accueil jusqu'à 21h »

Il est 22h20.

Surprise, la porte s'ouvre !

Nous entrons.
Il y a de la lumière.

L'homme qui nous croise et que nous saluons se retourne après nous avoir dépassés.
« Vous être de l'hôtel ? », demande Nours.
« Oui, je suis là toute la nuit car j'attends des arrivées programmées »
« Très bien, car depuis une demie heure, nous ne réussissons pas à actionner la borne d'accueil »
« C'est normal, puisque je suis là »

« Que ne l'as-tu pas affiché à l'extérieur ! » avons-nous pensé.

Quelques précisions et il nous tend la carte d'entrée de la chambre.

Nous y accédons et une fois la porte fermée derrière nous toute fatigue semble avoir disparu.

Nous sommes ensemble pour la première nuit précédant « notre vie ».

Piquenique sur le lit pour une longue et délicieuse soirée après les rillettes de poulet et le reblochon bien crémeux.

C'est un regard sur l'heure qui décrète l'extinction des feux, mais pas encore le moment de dormir.

Place aux points de suspension ...

Au matin nous reprenons l'Insecte pour les trois cents derniers kilomètres en nous ménageant une escale proche, en bord de mer, pour un petit déjeuner en terrasse avec quelques viennoiseries et ... le crachin normand.

Noursonne amène son Nours au bord de la plage où, ravi, il voit des algues et tout ce qui exprime la nature préservée de l'endroit, mais quand il tente de sortir de l'Insecte pour faire quelques pas, toucher, sentir, ... : « Non, demi-tour. Tu auras le droit de toucher la mer demain car, mis à part ça, il n'y a rien à découvrir ici. »

Ici, peut-être, mais une fois arrivés ...

En effet, Nours va découvrir dans quelques heures la région que Noursonne connait bien, et où ils sont invités.

Nous revoici pour trois heures environs sur la ligne noire, dans l'Insecte.

Touchant au but du ce voyage, conflit avec le GPS : « Vous êtes arrivés à votre destination », mais c'est la destination qui n'est pas arrivée au GPS, semble-t-il ...

Enfin, le téléphone nous sortira de là, et surtout Josette en balise routière.

Une vingtaine de convives sont déjà présents.

Salutations et découvertes, retrouvailles.

Noursonne se demande : « Les années de séparation ont-elles vraiment existé ? D'ailleurs, j'ai presque l'impression que mon Nours le ressent comme moi. Etait-il lui aussi déjà là, ..., avant ... »

Voici Béa, arrivée annoncée.

Nous formons la haie d'honneur.

Leur Insecte passe le portail, s'arrête entre nous.
La surprise semble totale et les flancs du transporteur ne s'ouvrent pas tout de suite.
Elle et Fred sortent enfin.
Elle est très émue et pleuvent les « Bon anniversaire ».

Encore quelques instants et viennent les embrassades, les accolades, puis l'équilibre.

Apéritif, buffet froid, discussions et partages fervents, anecdotes sur la dissimulation de cet anniversaire-surprise, fou-rires aussi, et toujours beaucoup d'émotions.

Vient le moment des cadeaux, empreint lui aussi de surprises jusqu'au bouquet final couronné par les délicieuses pâtisseries que nous a préparées Quentin.

Quelques défections sont dues aux contraintes du quotidien, d'autres reviennent après leurs obligations de l'après-midi et les rescapés finissent la journée, ou plutôt la soirée, dans une ambiance festive, dans une spontanéité immédiate.

Inévitable séparation tard dans la nuit et nous rentrons chez nos hôtes, avec nos hôtes, Fred et Béa, qui nous hébergent quelques jours.

Noursonne fait découvrir à son Nours quelques trésors de la presqu'île du Cotentin, mais tout ceci n'est que superficiel à côté du trésor qu'ils ne peuvent apprécier tant il ne cesse de les submerger chaque jour un peu plus à travers la richesse de leur relation.

« Les années de séparation, les évènements, nos autres vies ont-elles vraiment existés ? Etions-nous déjà ensembles, avant … »

La réponse leur est évidente.

Certes, ils ont construit aujourd'hui, effleurent encore quelques fois leurs pensées, disparaitront sans doute bientôt jusqu'à ne plus avoir existé pour ne subsister qu'à travers ce qui est.

ELYES

On m'installa à l'arrière de l'Insecte à quatre pattes rondes, direction inconnue sur les lignes noires de la nouvelle roche.

Assise à l'avant, elle se retournait de temps en temps pour me sourire.

Je n'éprouvais aucune inquiétude car JE SAVAIS que j'allais vers un monde meilleur.

Quoique long, le trajet, cet intervalle spatio-temporel ne me pesa pas.
Je n'imaginais pas, j'attendais simplement que nous arrivâmes.

En fin d'après-midi, nous y voilà.

Enfin libre, je m'enquiers tout de suite de découvrir les lieux.
D'un espace à l'autre, mon regard, mon odorat, mon ouïe, tous mes sens éveillés prennent la mesure de ce nouveau monde où je me sens tout de suite à mon aise.

En fait, il y a d'abord ce qui rappelle mes origines, mon lieu de vie précédent, tout ce qui l'évoque, ce qui persiste.

Mes deux insectes à deux pattes préférés sont là et cela me rassure.

Comme dans l'ancien monde aussi, des portes s'ouvrent et se ferment. J'y mange, j'y bois, on me caresse dans tous les sens du poil.

Enfin, les constantes sont là, comme elles sont sans doute partout.

La réalité de nos vies ne change pas et n'a jamais changée, seuls les supports, les conditions évoluent, en mieux ou en moins bien.

En parlant du support, peut être cela est-il du à la nouveauté, mais l'espace me semble plus grand.

Je commence à m'approprier ce lieu et à m'y sentir chez moi.

Attention !

Les règles ont quelques peu changées et je comprends tout de suite que j'ai intérêt à m'y résoudre au plus vite.

Le plus imposant des insectes à deux pattes, quoique sympathique et joueur, ne semble pas commode lorsque j'y déroge.

Certains espaces m'offrent un confort inconnu jusqu'alors.
D'autres, par contre, quoique semblants inachevés, attisent mon désir de découverte et je me plais à les visiter tout autant que possible, y passant le plus clair de mon temps.

Nouveau monde, ancien monde, ..., rien ne change sinon les apparences, ...

Les constantes étaient, sont et seront.

PRIMAIRE OU PRIMITIVE JUNGLE PRIMALE

Encore cette question !
C'était une de ces crises qu'il redoutait le plus, et qui revenait souvent.

« Quelle était sa « mission », ou plutôt, « en avait il une ? ».
« Devait-il écrire et transmettre quelque chose, ou bien s'était il fabriqué ce rôle ? »

Le sens, oui, le sens de son action, de toute cette énergie, de ce bonheur si grand toujours plus espéré, sa réalisation individuelle à travers ses écrits, et surtout l'aboutissement, le don de son message, de ces heures, ces milliers d'heures passées à acquérir, aiguiser, affiner son regard au plus vrai, à affuter sa perception ; ces milliers d'heures d'angoisses et de souffrance morale, mentale, par la conscience du malheur des autres alors qu'il pouvait vivre tranquillement sans y penser dans un bien être tout aussi subjectif qu'irréel ; tous ces combats, ces épreuves, toutes ces leçons souvent si dures à « avaler » ...

Non, autant de constats, de temps et d'efforts ne pouvaient pas être sans raison.

Comment cette « Vocation » ressentie au plus profond de lui-même aurait-elle pu être illusoire ?

C'est du moins ce qu'il se répétait, se réinterrogeant, et il savait aussi dans ces moments là que seule sa plume le guérirait, avant, espérait-il, d'en guérir d'autres.

Il travaillait au labo d'analyses et de contrôle des matières premières et devait ce jour là se rendre au service du personnel, ce qu'il fit à la fin de son temps de travail.

Les bureaux en question étaient placés, étrange logique, à l'autre bout du site, après toute la zone de fabrication avec ses ateliers, ses hangars, ses chaudières, ..., alors qu'il eut été bien plus « normal », attendu, qu'ils se trouvent à coté des services administratifs et commerciaux qui, eux, étaient tous rassemblés à proximité de l'entrée, comme une vitrine offerte à la vue de chaque visiteur.

Il se plut d'ailleurs à plaisanter en demandant à la secrétaire de service si c'était là que le « Personnel » devait venir déposer ses réclamations, ce qui aurait stratégiquement expliqué la position du bâtiment.

A l'heure dite, il s'était mis en route pour parcourir les neuf cents ou mille mètres afin d'aller remplir des formalités qui ne demanderaient que quelques minutes.

Il était environ dix-sept heures.
Durant sa « traversée », il vit l'usine avec un œil particulièrement clair, un de ces regards fort rares totalement détaché des concepts inculqués et des écrans imposés tendant à faire paraître « naturel » ce qui est si souvent contre-nature.

Passant le petit pont au dessus du ruisseau qui séparait les deux parties du site, celle où se situait son laboratoire ainsi que tous les services autres que les fabrications, et les fabrications elles-mêmes, il pénétra sur cette zone à l'entrée de laquelle se trouvait un très grand panneau "INTERDIT DE FUMER", écrit en blanc sur fond rouge.

Oui, allumer une cigarette pouvait, ici, provoquer une catastrophe d'une ampleur immense, peut-être pour tout un quartier de la ville, sinon pire.

Il passa d'abord à coté d'un impressionnant alignement de vannes, toutes identiques, au garde-à-vous, qui imposait presque le respect.

Toutes ces vannes étaient reliées à des tubes en acier inoxydable si biens entretenus que le soleil en faisait des miroirs.

Dans ces tubes circulaient quantité de produits qu'il connaissait bien, hautement toxiques et souvent explosifs, provenant ou remplissant tout autant de cuves voisines.

Tout juste à coté des tubes et des cuves, quelques rangées de bidons métalliques, plus ou moins rouillés, chauffés par le soleil au point qu'on ne pouvait pas y tenir la main dessus.
Ils contenaient le même genre de produits et de déchets que ceux circulant dans les tuyauteries et vannes qu'il venait de croiser avant d'être stockés en gros volumes dans les cuves.

Explosifs souvent, hautement toxiques des fois, toxiques toujours, chauffés par le soleil depuis bien longtemps au point que la tôle de ces contenants si solides (sécurité oblige) en était bombée à laisser penser qu'ils allaient peut être exploser sous la pression.

Il faisait très chaud en ce mois d'août dans le sud du pays et il sentait le macadam, le goudron, ramolli, fondu, coller à ses chaussures.
Il n'y avait pas le moindre souffle d'air, oui, d' « Air », mais seulement des vapeurs chargées

d'odeurs peu agréables, d'émanations de gas-oil, de fumées, de cuit, ou plutôt de trop cuit, d'huiles de moteur chaudes ...

Au détour d'un premier hangar, deux camions sous un quai de chargement, parfaitement cote à cote, comme deux chiens de garde montrant les crocs pour défendre leur territoire.
« Leur territoire », sans doute, mais que venait faire l'être humain sur « leur territoire » sinon leur servir d'esclave docile et dévoué, sans réserve pour qu'ils en tolèrent la présence comme celle d'une créature de rang inférieur à laquelle on faisait la faveur de profiter un peu du bien-être que procurait leur stade d' « évolution » ?

Dans cette tiédeur moite et malsaine, ayant pris à gauche après le bâtiment suivant, passant devant deux hauts portails un puissant souffle d'air chaud souleva ses cheveux.

Il provenait de deux énormes chaudières précédées chacune d'un très grand écriteau blanc sur noir : « DANGER ! HAUTE TENSION ! ».

Quelques mètres plus loin, sur une entrée : « ETINCELLES INTERDITES, DANGER DE MORT ! » ; sur d'autres portes : « ENTRÉE INTERDITE SANS MASQUE », ou « ENTRÉE INTERDITE SANS MASQUE ET MOTIFS DE SERVICE », avec une tête de mort de part et d'autre pour appuyer et encadrer le message.
Sans équivoque.

C'était un lieu créé par l'être humain, où il vivait, où il travaillait durant environ un tiers de la durée de son existence.
Et tout cela baignait dans le bruit, ou plutôt un vacarme diffus.
Un vacarme qui respectait les « normes établies » par les « services compétents » qui officiaient dans des bureaux insonorisés avec la climatisation.
C'était une espèce de bruit indéfinissable, assourdissant et en sourdine qui vous pénétrait progressivement avec des vibrations à l'encontre de tout ce que le corps était fait pour recevoir, qui passaient inexorablement, tout comme l'eau s'infiltre dans toute matière, les barrages que l'organisme lui opposait pour ronger petit à petit les fibres nerveuses.

« ATTENTION, VANNE DE GAZ »
« EXTINCTEURS », partout
« DOUCHE DE SÉCURITÉ »
« HAUTE TENSION »
« COUVERTURE POUR GRANDS BRULÉS »
« DANGER »
« HAUTE TENSION »
« HAUTE TENSION !!! »
« D A N G E R ! ! ! »

C'était le monde civilisé, le stade dit « le plus évolué » d'un être humain qui avait perdu le contact avec sa propre réalité comme avec les valeurs fondamentales de la Vie.

« Enfin ! », se dit-il, « voici le bureau du personnel »

Le bruit s'estompa durant la fermeture automatique de la porte derrière lui pour disparaître avec le « clic » de verrouillage.
« D'un monde à l'autre »

Les véritables décideurs, ou plutôt, ceux qui croient l'être, ne sont pas dans la vitrine mais ceux d'où viennent les diktats.

Combien de petites mains sont-elles assujetties à ces acteurs mécaniques qui ont supprimé tant de petites mains ?

Où est, où sont les références des valeurs, et au profit de qui ?

Il y a ici de la moquette sur le sol, l'air est conditionné, les bruits sont feutrés.

Les quelques formalités ont pris moins de dix minutes, puis il a repris son chemin en sens inverse pour retrouver son laboratoire et récupérer ses effets personnels avant de rejoindre son domicile pour une courte nuit, comme une parenthèse.

BIENTOT NOËL

Et oui, Noël approche.

Les Nours, après le repas dans leur Tanière, évoquent ces réjouissances.

« Ah, Noël, quelle fête magnifique, magique, les couleurs, les réunions, les retrouvailles même certaines fois, ce repas, souvent le meilleur repas de l'année, les cadeaux, …, Noël, c'est merveilleux ! »

« Beaucoup le voient comme cela, mais Noël n'est pour eux qu'une notion abstraite. Pour eux, c'est Noël, et c'est tout »

« Comment ça ? »
« Quoi vient de Pourquoi »
« Et … »
« Pourquoi Noël ? »
« Je n'en sais rien, c'est comme ça. Dans mon enfance, chez moi, on l'a toujours fait, et c'était très important »
« Mais, pourquoi ? »
« Parce que c'est Noël »
« Alors, qu'est Noël ? »
« Et bien …, une grande fête. Certains parlent de la naissance de Jésus »

« Je crois que rappeler les origines de cette fête, ces fêtes, et la réalité d'aujourd'hui est important avant d'aller plus loin. »

« LES origines ? CES fêtes ? »
« Oui »

« Je t'écoute avec attention ! »

« Noël est un nom qui vient du latin Natalis, à savoir « qui renvoi à la naissance ».

D'autre part, le vingt-cinq décembre est aussi le moment où les jours commencent à rallonger, où les cycles biologiques s'inversent pour aller vers le printemps, la croissance, la renaissance, ..., c'est le solstice d'hiver.

La date est donc hautement symbolique et Noël est effectivement une grande fête qui commémore la naissance de Jésus, mais les racines d'une fête à ce moment de l'année sont encore plus profondes, bien plus anciennes »

« C'est-à-dire ? »

« Le Noël chrétien, sa première célébration, d'après les premières mentions qu'on en a, date du vingt-cinq décembre trois-cent trente six, à Rome, date choisie arbitrairement, mais le vingt-cinq décembre était déjà fêté par d'autres religions avant, quels que furent leurs calendriers. »

« Il y donc plusieurs Noëls à la même date ? Lesquels ? »

« Plusieurs Noëls, sur la forme oui, mais avec d'autres noms.
Avant la christianisation de l'Occident le solstice d'hiver, le vingt-cinq décembre, était déjà une période qui regroupait de nombreuses croyances païennes relatives à la fertilité, la procréation et l'astronomie.

Il faut noter que les adeptes du mithraïsme fêtaient le vingt-cinq décembre la naissance de la divinité solaire Mithra depuis prés de deux-mille ans avant Jésus de Nazareth, soit il y a près de quatre mille ans.
Puis, au début des années deux-cent soixante-dix, l'empereur romain Aurélien, dans l'intention d'unifier l'Empire à travers la religion, à fixé la fête d'une nouvelle divinité romaine, « Sol invictus »,

« Le soleil invaincu », à cette même date afin de contenter les adeptes des deux cultes dans la continuité des festivités traditionnelles romaines. »

« Alors la fête de Noël, du moins à la date de notre Noël d'aujourd'hui, existe depuis environ quatre mille ans »

« Eh oui. Peu à peu, depuis le vingt-cinq décembre trois-cent trente six, la célébration de Noël en commémoration de la naissance de Jésus a conduit à regrouper ces fêtes païennes.

Ensuite, en l'an trois-cent quatre-vingt, les romains ont interdit les cultes païens et Noël est devenu exclusivement la fête chrétienne, les autres devenant insignifiantes.

Par la suite le Noël chrétien a été diffusé dans le monde entier.

Aujourd'hui il reste essentiellement le Noël chrétien qui reconnait Jésus comme le Fils de Dieu, le Noël musulman qui reconnait Jésus comme l'un des cinq plus grands prophètes, le Noël athée, et un mélange des deux, mais d'autres communautés religieuses fêtent aussi Noël dans le même sens que les chrétiens. »

« Tout cela me semble assez loin du Noël affiché un peu partout aujourd'hui »

« J'ai le même sentiment. Je me dis que le pouvoir matériel a utilisé la pression populaire, et un appauvrissement culturel ou spirituel pour s'emparer de l'événement.

« Une forme de jalousie ? »

« Une forme de sécularisation, c'est sûr.

Aujourd'hui on parle des « fêtes de fin d'année ».

Si on regarde d'un peu plus près les transformations, récentes, il est intéressant de se rappeler que Noël est le départ de l'année liturgique.

Il y a un « avant Noël », « l'Avent » qui dure, aujourd'hui, les quatre semaines durant lesquelles on se prépare à la venue du Christ, sa naissance, qui marquera le début de l'année liturgique qui couvre l'ensemble chronologique de l'enseignement de celui-ci.

Noël est la fête de la venue d'un porteur d'espoir, d'un sauveur face aux inégalité et traitements iniques des plus faibles, du porteur d'un message d'Amour universel. »

« Que de transformations, d'appropriations, aujourd'hui. »

« Le calendrier de l'Avent s'est imposé sur cette période pendant laquelle les Mages venus d'Orient pour être les premiers à visiter le Messie cheminaient vers Jérusalem.
Originaire d'Allemagne au dix-neuvième siècle ce calendrier donnait aux enfants, chaque matin, des images pieuses, puis il fut commercialisé et il est devenu ce qu'il est aujourd'hui.

Les Mages, dont on ne connait ni les noms réels ni le nombre, apportaient avec eux des cadeaux hautement symboliques. Maintenant on commercialise industriellement le « Gâteau des rois » avec une couronne, alors que les Mages n'étaient pas rois, mais seulement des sages, quant aux cadeaux ….

Jésus est né dans une étable, signe d'humilité, de message d'Amour et de miséricorde envers tous et surtout les plus faibles. »

« Pourquoi une étable ? »

« Parce que l'Empereur romain Auguste avait ordonné un recensement de la population. Toutes les personnes devaient rejoindre leur ville de naissance. Par conséquent, aucun hébergement n'était disponible à Bethleem.

Cette étable où ils furent conduits n'était pas ce que beaucoup pensent mais une ancienne étable aux mangeoires creusées dans les parois rocheuses d'une grotte à hauteur d'animaux.

Cette grotte avait été aménagée, dit-on, par le roi David, de Bethleem, qui avait reçu la promesse messianique, environ mille ans plus tôt, pour abriter ses troupeaux.

Elle fut utilisée par la suite pour loger les sans-abris lorsqu'il n'y avait plus de place en ville.

Noël devrait donc se fêter dans l'humilité et la frugalité.

Le Père Noël a remplacé Jésus et les cadeaux ont remplacé le témoignage de respect et de reconnaissance des Mages envers Jésus.

Même la Crèche qui symbolise tous ces éléments est souvent devenue commerciale en perdant du sens, son sens premier.

La bûche de Noël est l'adaptation commerciale de la pratique, à l'époque où l'on se chauffait avec une cheminée, de mettre dans le foyer une grosse bûche pour qu'il y ait encore du feu au retour de la messe de minuit.
Puis la décoration, le sapin, les guirlandes, ... »

« Quelles déformations ! On en perd le sens. »
« Certes, mais dans le conscient ou l'inconscient collectif des choses subsistent.

Comme l'a imagé le poète Nicolas Boileau : « Cent fois sur le métier remettez votre ouvrage ».

Que chacun fasse dès le réveil du mieux possible ce qu'il pense devoir faire pour l'Amour et le Bien, certaines fois jusqu'à l'abnégation, alors le monde devient meilleur.

Une trêve de Noël est décrétée dans bien des endroits du monde durant laquelle on donne, on partage plus, on cesse les hostilités.

Sont-ce des tentatives symboliques et ponctuelles sans réalité profonde ou une immense hypocrisie, des velléités, une façon de se donner bonne conscience lorsque la trêve prendra fin ?

« Pourquoi ne ferait-on pas Noël tous les jours ? Ce serait merveilleux !, et si simple. »

COLIBRI

« La canopée est magnifique » dit Nours à Noursonne.

« Oui, magnifique !

Vue par-dessous on dirait un nouveau ciel, un ciel vert où il y a tant de vie »

« On n'imagine pas que cet étage de la foret abrite ses propres sociétés »

« Comme un monde indépendant du notre, comme si nous étions des poissons dans l'océan, au dessous d'un autre monde, dans d'autres eaux.»

« Ici, nous sommes les eaux inférieures, sous la canopée »

« Et puis, il y a du monde, par ici ! »

« Oui, et du monde qui s'agite ! »

« Pourquoi courent-ils tous dans ce sens, tous dans le même sens ? »

« Sans doute sont-ils pressés d'aller à une réjouissance quelconque »

Alors qu'un colibri passe au dessus d'eux, dans le sens général de la ruée, Noursonne hume l'air, semble détecter quelque chose, se dresse alors sur ses pattes arrières et renifle encore, avec insistance en relevant le museau.

« Tu sens ? »

« Il y a comme une odeur de fumée.

As-tu vu, toi aussi, passer ce colibri ? »

« Oui, magnifique oiseau minuscule et coloré qui tiendrait presque dans un dès à coudre, si vif qu'on ne peut même pas voir battre ses ailes, capable de vol stationnaire comme les mouches et dont le bec semble une aiguille de couturière. »
« Toujours que là, loin d'être stationnaire, il avait l'air pressé, drôlement pressé ! »

« Sens-tu ? L'odeur de fumée se renforce. »
« Et voici d'autres animaux, courant toujours plus vite dans le même sens. »
« Il y en a de plus en plus »
« Peut-être fuient-ils quelque chose !? »

« Et revoici le colibri, toujours aussi rapide, mais cette fois ci dans l'autre sens. »

« On dit qu'il n'y a pas de fumée sans feu. »
« Le feu ? Il y aurait un incendie ? »
« Attends, nous allons en avoir le cœur net. »

Noursonne arrête alors un tapir.
« Que se passe t-il ? Pourquoi courez-vous tous ? »
« La foret est en feu !!! Un gigantesque incendie qui va tout détruire ! Mon Dieu, que deviendrons-nous après ? »

Sans attendre, le tapir reprend ses pattes à son cou et disparait bientôt de la vue des Nours.

Revoici le colibri, dans l'autre sens.

La fumée devient visible.
Peu à peu elle dissimule le firmament feuillu où scintillaient d'innombrables étoiles nées de la lumière solaire filtrant à travers cet espace qui sépare les eaux supérieures des eaux inférieures.

Encore le colibri, en sens inverse.

Voyant les Nours tranquilles, un tigre s'arrête.
« Fuyez ! Fuyez ! Sinon les flammes vous détruiront comme elles détruiront tout de notre monde »
Et il repart de plus belle.

Les Nours, inquiets, suivant son conseil s'enfuient alors eux aussi.

De nouveau le colibri qui n'en finit pas de faire des allers-retours.

Les Nours arrivent sur une immense plage de sable fin au bord de l'océan, sans la moindre végétation et fourmillant d'animaux divers.

Il en arrive sans cesse.

Haletants, les Nours se posent un peu pour reprendre leur souffle, près d'un orang-outang.
Celui-ci leur dit : « Ici nous sommes à l'abri, mais quand l'incendie s'éteindra nous n'aurons plus rien ni où que ce soit pour vivre. »

Nours fait signe au colibri qui revient après avoir rasé la surface de l'eau.
En vol stationnaire, l'oiseau interroge : « Qu'y a-t-il ? »
« Que fais-tu ? »
« A chaque voyage j'amène une goutte d'eau sur les flammes »
« Pourquoi fais-tu cela ? C'est si peu que ça ne changera rien »

« Peut-être, mais au moins, moi, j'aurai fait ma part. »

Que chacun dès le réveil fasse du mieux possible ce qu'il pense devoir faire et le monde sera meilleur.

LE CLAN DES NOURS

SANS QUEUE NI TÊTE

Tome 1   par NOURSONNE

Tome 2   par NOURS

Edition : BoD - Books on Demand
12/14 rond-point des Champs Elysées, 75008 Paris
Imprimé par Books on Demand GmbH, Norderstedt, Allemagne
ISBN : 9782322084562
Dépôt légal : janvier 2018